Maurice BONIFACE

L'Obélixe

DIT PAR

COQUELIN CADET

de la Comédie française

S'ÉDITE A BRUXELLES

chez Henry Kistemaeckers, *Éditeur*

65, rue des Palais, 65

(Portrait en taille douce par A. Descaves d'après le dessin
original de A. Gill)

1883

L'OBÉLIXE

Il a été tiré 20 exemplaires sur papier impérial du Japon

Maurice BONIFACE

L'Obélixe

DIT PAR

COQUELIN CADET

de la Comédie française

S'ÉDITE A BRUXELLES
chez Henry Kistemaeckers, *Éditeur*
65, rue des Palais, 65

(Portrait en taille douce par A. Descaves d'après le dessin
original de A. Gill)

1883

L'OBÉLIXE

DIT PAR

COQUELIN CADET

de la Comédie française

A Jean Richepin

Où que j'suis ? — Oh! mes pauv' guibolles!
All's baloch'nt comm' des p'tits bateaux;
All's ont pus d'vigueur; all's sont molles
Comm' des abatis d'aristos.

C'est rien, pour sûr... un peu d'fatigue...
Les aut's rappliqu'raient à leurs pieux ;
Mais moi j'vadrouill', j'suis un vrai zigue...
— Où que j'suis ? J'connais pus les lieux.

I fait noir. C'est pas l'gaz qui flambe :
I voudrait bien, mais i peut pas.
Moi qu'aim' pas l'eau, mêm' sur la jambe,
Je m'fich' dans l'mouillé à chaqu' pas.

Faudrait pas compter sur la lune :
A s'rinc' la dall' chez les troquets,
Et l'prolétair', quand vient la brune,
N'a qu'à s'éclaircir les quinquets.

— Tiens, qui qu'est là tout droit, qu'est fixe,
Qui veut pas que j'passe, l'bandit ?...
— Ah ! maladi' ! C'est l'Obélixe.
T'es l'Obélixe ?... — Eh ben ! on l'dit.

Viens-nous en... — Bon, vlà qu'i m'arrête,
C'marloupin-là, moi qui suis las.
Emmieller l'ouverrier honnête,
C'est pas à fair', c'est dégueulas !

Un ouverrier qui r'vient d'sa b'sogne...
D'puis c'te garce d'barrièr' d'Enfer
J'ai carapaté... — Aïe ! I m'cogne
Avec sa sacré' grille en fer.

Voyez-moi l'pant'. I fait l'mariolle,
Comm' l'aut' bougre à ch'val su l'Pont-Neuf...
Tiens, tu m'en f'rais suer, parole,
Si c'n'était respect d'mon elbeuf.

Tu tiens à c'que l'pauv' monde i trime.
Faut qu't'ai's pas pus d'cœur qu'un sergot,
Pas pus d'pudeur qu'ma légitime...
— Eh va donc ! grand manche à gigot !

Où qu'tu r'gard's ? Du côté d'Montrouge,
Des Batignoll's, ou ben d'Neuilly ?
As pas peur, va : y a rien qui bouge :
La rouss' t'a pas encor cueilli.

Tu r'mouch's tout partout dans les rues,
Comme l'jour. J'rigol', des fois,
A t'voir eurluquer les morues,
Qui s'en vont s'balader au Bois.

Tu sais, dans les temps, moi saucisse,
J'leur z'y faisais d'l'œil, censément.
J'étais un balayeur artisse,
Entret'nu pa l'Gouvernement.

Mais les miniss's, c'est des infâmes,
Et j'avais engueulé l'préfet,
Rapport à des histoir's de femmes :
Nous nous somm's lâchés tout à fait.

— Tiens, mon vieux, faut pus que j't'engueule...
On est des frangins, après tout.
Laiss' moi donc. Ma pauv' femm' qu'est seule !
Tout' seul' ! C'est ça qu'est pas d'son goût.

Laiss' moi, Anatol' ; j'te l'demande.
Y a longtemps qu' j'ai rien embrassé.
J'ai là-bas un enfant d'commande.
J'vais à mon travail ; j'suis pressé.

Voyons. Quèq' tu veux que j'te paie ?
Un lit' ? Un bon lit' à seiz' ronds ?
J'avais conservé d'la monnaie,
Pour acheter un fonds d'chaud d'marrons.

J'ai pas pus d'brais' : c'est pas d'ma faute...
Tu veux pas ? — Mais quoi donc qu'tu veux ?
T'es en pierre, en pierr', comm' dit c't'aute ;
T'as la têt' dur' : t'as pas d'cheveux.

— Attends. J'vas t'tourner par derrière,
En suivant la grill'. T'es fumé...
— Ah! malheur! Toujours la barrière!
Bon sens d'bon Dieu! J'suis-t-enfermé!

Pincé! Y a pus moyen que j'sorte.
J'peux pus aller : y a pus d'amour.
J'suis pas foutu d'trouver la porte.
Faut donc que j'lanterne après l'jour.

Faut que j'couche ici, sans couverte,
Chez mossieu l'général Pavé,
La seul' cambus' qui m'soit ouverte...
D'main, ma marquis' m'aura r'trouvé.

Mais, c'est rien de l'dir', mince d'rixe!
Bien sûr, a voudra m'manger l'nez...
Tout ça, rapport à c't Obélixe...
— Par qui qu'nous somm's donc gouvernés?

Ils veul'nt laisser là c'te grand' quille.
Pour quoi fair'? Pour fair' du chagrin
A un pauv' vieux pèr' de famille,
Qu'a cinq mouch'rons — dont quat' en train !

ACHEVÉ D'IMPRIMER

le 13 mars 1883,

PAR A. LEFÈVRE, A BRUXELLES

POUR

Henry KISTEMAECKERS, Editeur

à Bruxelles.

www.ingramcontent.com/pod-product-compliance
Lightning Source LLC
Chambersburg PA
CBHW061433170626
46811CB00005B/2246